A Joshua con mucho cariño — D.G.

A Carole XX — A.B.

© 2019, Editorial Corimbo por la edición en español
Av. Pla del Vent 56, 08970 Sant Joan Despí (Barcelona)
corimbo@corimbo.es
www.corimbo.es

Traducción al español de María Lucchetti
1ª edición septiembre 2019

Copyright del texto © Debi Gliori 2018
Copyright de las ilustraciones © Alison Brown 2018
Esta traducción de "Little Owl's Firts Day" está publicada por
Editorial Corimbo con el acuerdo de Bloomsbury Publishing Plc.

Impreso en China

Depósito legal: B 2843-2019
SBN: 978-84-8470-589-5

Pequeño Búho
y el Primer día de cole

Debi Gliori   Alison Brown

Pequeño Búho abrió los ojos,
e-s-t-i-r-ó las alas y bostezó.

—Es hora de **levantarse** —dijo Mamá Búho—.
Hoy es un Gran Día, ¡es tu primer día de colegio!
¿Te **apetece**?

—NO —dijo Pequeño Búho—.

NO,

NO,

¡NO!

—¿NO? —preguntó Mamá Búho.

—NO —repitió Pequeño Búho—. No me gustan los días grandes. Yo quiero un día pequeño. Quiero quedarme en casa contigo y con Bebé Búho.

Pequeño Búho se sentó a la mesa para desayunar
y masticó lentamente sus copos de semillas con miel.

—Vamos, Pequeño Búho —dijo su mamá—.
No olvides tu buhochila.

—NO —dijo Pequeño Búho—. No quiero ir.
No quiero una buhochila.
No quiero un Gran Día. Yo quiero. . .

Mamá Búho parpadeó.
—Vamos a hacer una cosa —dijo—. Si salimos
ahora, tú puedes llevar el cochecito.

—¿Puedo llevarlo por el **puente**? —dijo Pequeño Búho.

—Por todo el puente —contestó su mamá.

—¿Y por los charcos de **barro**?

—Por todos los charcos —suspiró su mamá.

—¿Y por la. . . colina. . . *empinada*?
—jadeó Pequeño Búho
empujando con fuerza.

—Hasta **arriba** del todo
—dijo su mamá.

—Hola, Pequeño Búho.
Bienvenido al colegio —dijo la
señorita Ulula—. ¡Ya verás qué
divertido es!

—¿Cuándo vas a volver? —le susurró
Pequeño Búho a su mamá al oído.
—Muy pronto —susurró su mamá
y le dio un **gran abrazo**.

—Ven, Pequeño Búho —dijo la señorita Ulula—.
Vamos a construir una nave espacial.

—No, gracias —dijo Pequeño Búho—.
Yo quiero. . .

volar en una nave espacial

con mi mamá y Bebé Búho.

"Seguro que hoy se han ido volando
a la **luna** sin **mí**", pensó.

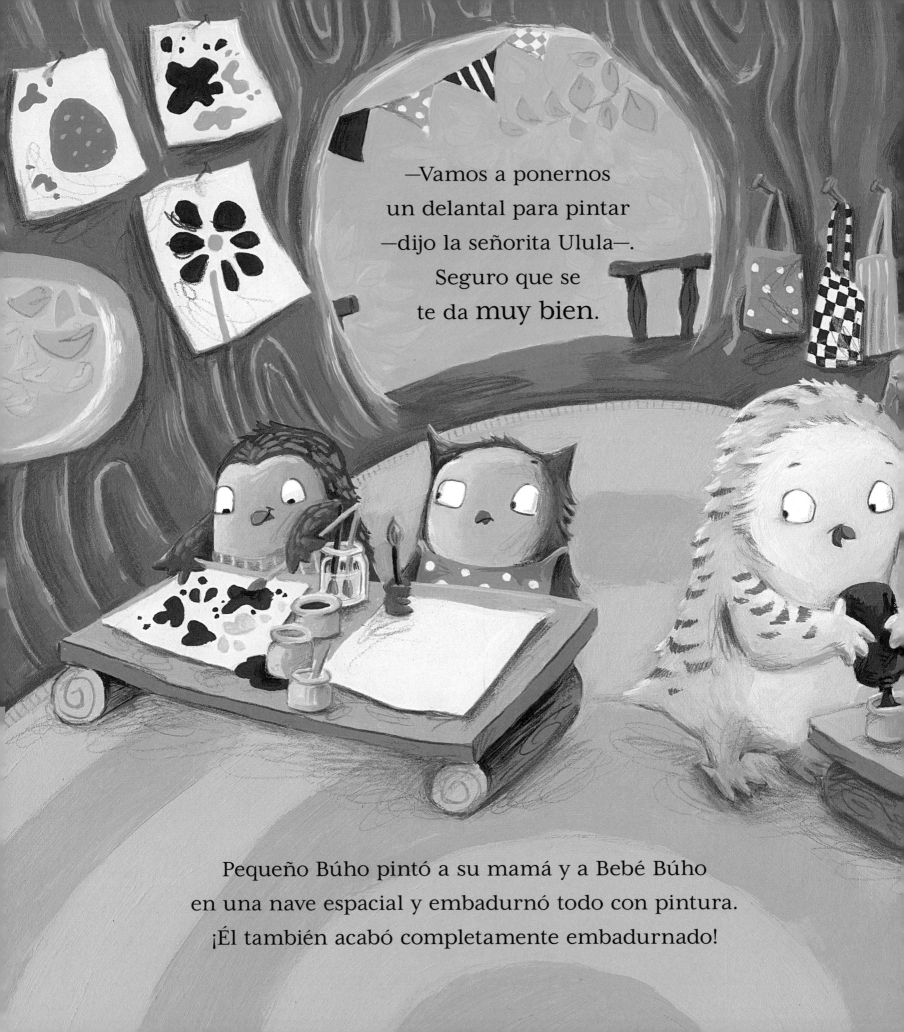

—Vamos a ponernos
un delantal para pintar
—dijo la señorita Ulula—.
Seguro que se
te da muy bien.

Pequeño Búho pintó a su mamá y a Bebé Búho
en una nave espacial y embadurnó todo con pintura.
¡Él también acabó completamente embadurnado!

—¡Qué dibujo más **bonito**!
—dijo la señorita Ulula—.
Vamos a colgarlo en la pared.
Después nos lavaremos
las alitas y tocaremos
instrumentos musicales.

—No, gracias
—dijo Pequeño Búho—.
Yo quiero. . .

tocar la batería
con mi mamá
y Bebé Búho.

"Seguro que hoy están haciendo
un MONTÓN de ruido con la
Banda de las Bestias sin mí", pensó.

—Vamos a jugar en el arenero
—dijo la señorita Ulula—. ¡A lo mejor
puedes ayudar a Mini Búho
a hacer un castillo de arena!

A Pequeño Búho le gustaba ayudar a Mini Búho y decorar el castillo.

—¡Qué buhitos más listos!
—dijo la señorita Ulula—. ¡Qué castillo más **bonito**! Vamos a jugar con agua.

—No, gracias
—dio Pequeño Búho—.
Yo quiero. . .

salpicar un montón con mi mamá y Bebé Búho.

"Seguro que hoy están navegando en un barco pirata sin mí", pensó.

—¡Es hora de merendar! —dijo la señorita Ulula—.
Vamos a ver qué tenemos en nuestras buhochilas.
Pequeño Búho abrió la suya. Su mamá le había metido
una galletita casera con semillas y un dibujo.

Pequeño Búho compartió la galleta
con Mini Búho. Y Mini Búho
compartió su pastel de nueces
con Pequeño Búho.
Pequeño Búho se empezaba
a sentir **mucho** mejor.

—Ahora nos toca **volar**
—dijo Mini Búho—.
¡Te va a **encantar**!

Tenía razón.

Pequeño Búho saltó en el aire,
voló y planeó, movió sus alitas y,
durante una hora, se olvidó por completo
de su mamá y de Bebé Búho.

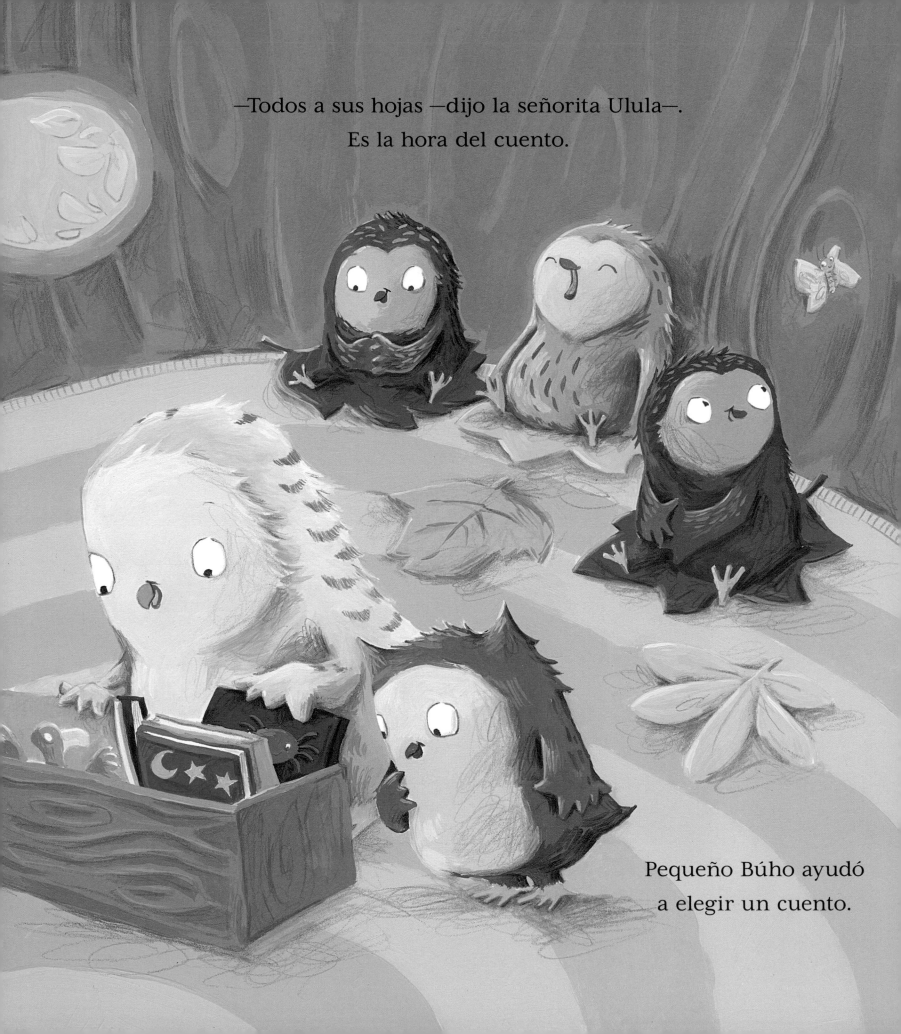

—Todos a sus hojas —dijo la señorita Ulula—.
Es la hora del cuento.

Pequeño Búho ayudó
a elegir un cuento.

Se acurrucó al lado de la señorita Ulula
y ayudó a pasar las páginas
y a hacer los sonidos de los animales.

Cuando se terminó el cuento...

su mamá y Bebé Búho
lo esperaban
para volver a casa.

—¿Qué hiciste con Bebé Búho
mientras yo estaba en el colegio?
—bostezó Pequeño Búho.

—Nada especial —dijo su mamá—.
Yo horneé un pastel y Bebé Búho durmió la siesta.
¿Qué hiciste tú toda la mañana?

Pequeño Búho no contestó.
Se había quedado dormido
después de su Gran Día.